KB140667

노모경 老母經

이인수 시집

- 어머니 정환희 헬레나 여사님과
세상의 모든 어머니에게 이 노래를 바칩니다.

노모경 老母經

초판 1쇄 인쇄 | 2021년 12월 20일

초판 2쇄 인쇄 | 2022년 01월 01일

지은이 | 이인수

펴낸이 | 이재욱(필명:이승훈)

펴낸곳 | 해드림출판사

주 소 | 서울 영등포구 경인로82길 3-4(문래동1가 39)

　　　　센터플러스빌딩 1004호(우편07371)

전 화 | 02-2612-5552

팩 스 | 02-2688-5568

E-mail | jlee5059@hanmail.net

등록번호　제2013-000076

등록일자　2008년 9월 29일

ISBN　979-11-5634-490-2

노모경 老母經

이인수 시집

해드림출판사

제 시의 원천은 어머니입니다.

당신께서 시조집 한 권 통째 외우고서 저를 낳으셨다고 하셨습니다.

늦깎이 시인이 되어 펴낸 두 권의 시집을 늘 옆에 두고서 읽으셨습니다.

당신 아니면 아들 시 읽어줄 사람 없다면서 너덜하도록 읽으셨습니다.

이제 당신 영전에 사모곡으로 엮은 시집을 바칩니다.
닳도록 읽어주십시오, 내 어머니!

2021년 12월
이인수

차례

1부

2부

3부

4부

5부

해설 | _박정규(시인)

1부

노모경 老母經

감사엔 조건이 없어
물 한 잔
밥 한 술
김치 국물

나를 살게 하는 건
곡식 한 알
농부의 땀
하늘의 햇볕

감사하지 않은 건 없어
고까운 사람
험한 시간
꽃샘추위

나는 그들의 몸이야
감사로 피는 꽃이야

봄, 꿈

식구들 올려 보내고
현관문 닫는 걸 깜박했지 뭐야
초승달 하고 개밥바라기 별 하고
연애하는 모양 엿보려 했는데
밭일하느라 고단한 몸
픽 쓰러져 버렸지 뭐야
돌아가시고 처음 오신 어머니
손잡고 꽃길 걸었지 뭐야
얼굴 한번 보고 꽃 한번 보고
알콩달콩 걷는 어느 찰나
화르르 꽃잎 쏟아지지 뭐야
오네가네 말씀 없이 노모 사라지고
나만 덩그러니 남았지 뭐야
창밖 밝길래 방문 열었더니
현관 활짝 열려있지 뭐야
어린 청개구리 풀쩍 뛰어오르고
다리 여럿 달린 벌레 한 마리
발밑을 쏜살같이 지나가지 뭐야
마당 소나무 새소리 들어와 앉았고
그제 핀 앵두꽃 내음 스며들었지 뭐야
꽁꽁 묶은 마음 자락 스르르 풀리더니
부스스한 눈까지 맑아지지 뭐야
한바탕 삼월이 다 갔지 뭐야

질경이

트랙터가 지나갔다
자동차가 지나갔다
자전거가 지나갔다
사람이 지나갔다

시대가 밟고 있다
시댁이 밟고 있다
남편이 밟고 있다
자식이 밟고 있다

밟히고 밟혀야만
이름값 하는 길바닥
밟을수록 파릇해지고
밟힐수록 꼿꼿한 것이 있다

어머니

큰오빠 시집
내가 안 읽으면
읽어주는 사람 없다고
매일 읽으셨어요

어머니 · 2

당신 보내드리고
남은 조문록 한 권
머리맡에서 묵히다가
한 장 한 장씩 뜯어서
그곳에서도 기다리실
시를 끼적거리네
가난한 살림 꾸리듯
앞뒤 빼곡히 채우며
쓰고 고치고 다듬네
한 편 한 편씩 퇴고하면
마주한 듯 바로 앉아
조곤조곤 읽어드리네
살아생전 당신처럼
좌우로 몸 흔들며

반환품 확인요청서

지난 6월 14일 자
물품 잘 받으셨는지요?
너무 오랫동안 여인으로
종부로 지어미로 어머니로 할머니로
실컷 부려먹고 함부로 다루어서
꼬부라지고 우그러지고 깨지고 닳고…
더는 쓸모가 없어 반환했습니다
보내기 직전에서야
감사와 죄송으로 쓰다듬고
눈물로 자주 셋겼습니다만
원상회복은 어려웠습니다
다만 영혼은 저음과 같이
밝고 맑으셨습니다
막상 눈앞에 두고 보니
말문 막히고 속상하시지요?
따로 변상을 원하시면
못난 제 목숨으로라도 갚겠습니다
그래도 하느님,
본디 당신의 귀한 딸
고쳐서 새로 쓰실 거지요?
곁에 두고 고이 아끼실 거지요?
말씀 없으시면 그런 줄 알겠습니다
고맙습니다

여자

아들 온다고
자리에서 몸 일으켜
새 바지 입고 앉아
기다리신 어머니

별일 없냐
밥은 먹었냐
배가 아프구나
만사 귀찮구나
부쩍 파리해지신 어머니

어려운 사위에게
흉한 꼴 보여주기 싫다
못 들어오게 해서
베란다 창문으로 몰래
지켜보게 하시는 어머니

손을 꼭 잡고
여기가 아파요
여기가 아파요
가슴께 더듬을 때
부끄러워하시는 어머니

천생 여자
울 어무이

영원한 약속

가벼웠습니다
막 날아오르려는 새처럼
구급 대원 두 팔에 들려
사뿐히 날았습니다
들끓었을 일평생
희로애락 오욕과 칠정
고해의 바다 건너온
삿대를 닮았습니다
피안으로 가는 앰뷸런스 안
가만히 눈 감은 얼굴
눈곱만 한 군더더기 없이
고요하였습니다
시트 안으로 손을 넣을 때
살그머니 마중 나오는
어머니의 손
힘은 없었습니다
그러나 따뜻하였습니다
변함없노라고요

노을

병자성사를 신청했다고 하였습니다
장례미사도 모시자고 하였습니다
미음은 드신다고 하였습니다
고요히 누워만 계신다고 하였습니다
그러나 미소는 잃지 않았다 하였습니다

풀밭에 엎드려 잡초를 솎았습니다
풍경소리만 가끔 들렸습니다
이윽고 때가 이르러 하늘을 보았습니다

고요히 누운 어머니
당신을 만났습니다
아름다웠습니다

기도

억울하더라도
군말 않겠습니다

크게 슬프더라도
울지 않겠습니다

아프지 않게, 아프지만 않게
그렇게만 해주시면

당장 데려가셔도
받아들이겠습니다

이미 제 노모는
깃털처럼 가볍습니다

마른꽃에 대한 명상 · 2

환희 환청 환계 환선 환분이
우리 다섯 딸네 중에
내가 제일 독해 보여도
실은 제일 약하고 눈물이 많다
다 순해 빠졌어도 사는 거 봐라
얼마나들 당차냐

종일 드러누운 노모
틀니 뺀 넋두리처럼

한때
강하기도 했을
그래서 울기도 했을
착하기도 했을
그래서 당차기도 했을
마른 과꽃 무더기들

찬바람 붙들고
오물오물
뭐라 중얼거리네

선녀춤

훠이 훠이 훠어이
들머리에서 들려오는 소리
놀라 나가보니 무밭에서
들마루 농업법인 오 사장이
새를 쫓아내고 있었다
일만여 평 파종까지만
일억 삼천이나 들였다고
새 때문에 망칠 순 없지 않으냐며
훠이 훠이 소리 지른다
오 년 전 부도났을 땐
아파트에서 뛰어내리고 싶었다고
따님이 준 종잣돈으로
배운 게 무 키우는 거라
다시 시작해 이젠 자리 잡았다고
묻지도 않은 넋두리 늘어놓으며
훠이 훠이 새를 쫓는다
저기 아주머니는 누구지요?
아, 제 집사람입니다
드넓은 무밭 한가운데
목도리 같은 헝겊 조각 흔들며
동서남북 휘젓는 여인이
훠이 훠이 달리고 있었다

비단옷 감춘 서방을 위해
몸뻬바지 입은 늙은 선녀가
너울너울 춤을 추고 있었다
옛날 옛적엔 선녀였지요?
예? 아, 제가 죽일 놈입죠

무조건이란 말

참 좋아
무조건이란 말
아무 망설임이나 걸림 없이
훨훨 발길 따라 걷고
건달처럼 건들거리다가
마구잡이로 들이밀어도
괜찮다는 말이니까
그런데, 그런데 말이지
그대 바라보노라면
그만 덜컥거리고 마네
없을 무, 저 글자 때문에
그만 뒷걸음치게 되네
'무'라는 조건이 되려면
더께 쌓인 내 영혼
얼마나 치대야 깨끗해질지
주머니 속 서푼짜리 욕심
말끔히 내려놓을 수 있을지
그대에게로 가는 길
차라리 가시덤불이면 좋겠네
못난 이대로면 좋겠네

기적

새벽을 새소리가 깨우는 일
이슬 젖은 고추 몇 알 따는 일
그걸 된장 찍어 아침밥 먹는데
문득 전화벨 울리는 일
그리웠다는 목소리를 듣는 일
별일 없느냐 묻길래
풍화작용 조금 있었다며
껄껄 소리 내어 웃는 일
이런 걸 시로 옮기는 일
그리고 당신이 읽어주는 일
숨소리에도 제풀에 소스라치듯
기적 아닌 게 뭐 있겠냐고

홀아비 단합대회

시월 초하루 햇살에
배추 무 쑥쑥 자라는 걸 보다가
김 씨 형님네로 슬슬 걸어갔다
인삼밭 이삭 캐면서 쳐다보길래
보고 싶어서요, 라고 하니
안 그래도 건너오려 했단다
서울 간 안 씨 형님네 마당에 앉아
그제 저녁답 전화로 알려준
가을 무지개 시를 읽어주니
시란 거미 똥구멍 실 나오듯
술술 나오는 게 최고란다
자장면이나 먹으러 갈까요,
우리끼리 세느강이라 이름 붙인
죽당천 성 씨 형님에게 전화하니
마침 병원에서 나오는 참이란다
직접 집 짓느라 일 년
벼락 맞아 불탄 집 치우느라 일 년
컨테이너 하우스 꾸미느라 일 년
단속에 걸려 뜯어내느라 일 년
그러다가 끊어진 아킬레스건이
잘 붙었다고 칭찬 들었단다
들국화처럼 웃는 형님 차 타고

가남 태평리 영남루엘 가니
오빠들, 하며 아주머니가 반기길래
탕수육에 고량주 시켜
우정을 위하여! 건배까지 했다
평생 홀아비 김 씨 형님
가끔 홀아비 성 씨 형님
주말 홀아비 나까지
매주 한 번씩 뭉치기로 하고
들길 따라 돌아오는 길
쏟아지는 가을 햇살이
몽유병처럼 몽롱했다

별

아무 일 없었고
아무것 하지 않다가
밤하늘 올려다보았지요
아무 생각 없이 사는 날
더러는 있지 않았냐며
구름으로 달까지 가린 당신
혹시 잠 못 이룰까 봐
별 하나 걸어 놓으셨네요
별 하나 보는 것만으로도
오늘 하루 통째로
반짝거리게 되었습니다
고맙습니다

말하는 나보다

심심한 개가
돌멩이를 툭 찬다
움찔, 돌멩이는
아픈 척한다
지나친 과묵은
어디서나 재미없다
솔방울은 툭 치니
데구루루 굴러 준다
같이 구르다가
막 떨어진 도토리 앞에서
잠시 멈춘다
사랑스러운지
혓바닥으로 핥아 준다
말 못 하는 것들도
서로 헤아리면서
맞춰가면서 잘 논다
말하는 나보다
낫다

코스모스는 예쁘다

기획 부동산에서 산
맹지 땅 100평
주말농장이나 하겠다며
자동차 타고 온 중년부부가
나무 심고 더덕 뿌리며 일구더니
지난 초여름 코스모스 모종을
밭머리에 잔뜩 심었다
가을 오면 울긋불긋 한들한들
얼마나 예쁠까요, 덕담했는데
가마솥 더위에 녹았는지
감쪽같이 보이질 않았다
어느 날 이웃집 울타리 따라
코스모스가 불쑥 자랐길래
언제 심은 거냐고 물으니
들길 산책 때 업어왔다 해서
암말 안 하고 웃기만 했다
오늘 구름 따라 걷다가
그 집 앞으로 지나오는데
숙녀로 자란 코스모스들이
울타리 밖 내다보면서
울긋불긋 한들한들
바람결에 눈웃음치길래

고것 참,
속도 없는 것들 같으니라고
혼잣말로 퉁을 줬지만
너무나도 예뻤다

약속

휠체어에 앉은 여자는
남자가 말을 걸면 웃기만 한다
나사 몇 개 빠진 인형처럼
치매 걸린 늙은 여자를
밥 먹이고 산책시키고 병원 오가고
똥오줌 받아내고 몸 씻기고 자리에 눕히고
그리고 뽀뽀까지 하느라
남자의 하루는 길고도 짧다
여행 다니고 싶어 했던 여자를 위해
남자는 걸핏하면 차를 몬다
물소리 좋은 강가나 어깨동무한 산 능선
노을 지는 바닷가에 여자를 앉혀 놓고
좋아? 하고 물으면 여자는 또
나사 빠진 사람처럼 호호 웃는다
옆에서 누가 묻는다
왜 이렇게까지 하느냐고
처음에 약속을 했잖아요
검은 머리 파뿌리 될 때까지
감당하기 힘든 난관이 와도
끝까지 지켜주겠다고
혼인서약했잖아요

가장

아는 꽃
모르는 꽃
사이좋게 피는 집

쪼그려 앉아
날마다 풀매기하는
김 씨 형님네 꽃밭

가방끈 짧은
가난한 살림
어린 동생들 다 키웠듯

시방도
제비나비 호랑나비 호박벌
내 식솔은 책임진다

즐거운 식사

여주 감자옹심이 먹으러 가는데
이웃 노 마나님이 웃으며
작가님 노부부라고 쓰지 마세요
서럽고 억울해요, 한다
집사람 유튜브에 올려진
시를 읽은 모양이다
예 알겠습니다
이번에 유엔에서 정하길
18~65세 청년
66~79세 중년
80~100세 노년이랍니다
그러니까요, 중년이라니까요
예, 예쁜 중년 부부님!
그로부터 맛있는 밥 먹고
커피 마시고 헤어질 때까지
하하호호
어찌나 즐거웠는지

등산화에게

꼭두새벽
신발장 정리하다가
낡은 등산화에서 멈췄다
설악산 지리산 한라산 백두산
차마고도 옥룡설산 동네 뒷산
뒤축 몇 번 닳도록 애썼구나
산 같은 사람 되어보려고
평생 산을 찾아다녔지만
산길 따라 봉우리만 올랐구나
계곡물 어린 얼굴 지나쳤고
절집에선 하룻밤 묵질 못했구나
도로아미타불 제 자리구나
미안했다, 잘 가거라
훗날 이승 아닌 곳에선
모른 척해도 좋다

땅빈대 꽃

부추 꽃 보러 갔더니
그 아래 땅빈대도 꽃을 냈다
하도 쪼그마해서 보일락 말락
아 꽃이로구나, 알게 되는 것이다
해포 이웃인 부추에게 빌붙어
곱송거리며 바닥에 엎드렸지만
부챗살 펼치듯 납작집을 짓고
꽃피우며 새끼 치는 솜씨는
모지락스럽고도 옹골진 것이다
농부의 댕돌같은 호미질에 그만
뿌리째 뽑혀 들숨날숨 멈추었다가
어스름 개밥바라기 빛에
갑신 숨 한번 고르고선
촉촉한 이슬에 몸 씻고 다시
슬그머니 땅으로 발 내뻗는
그늑한 자세는 보암직한 것이다

반달

좀 모자라면 어때
좀 못나면 어때
잘 웃는 반달 같은 눈
들여다보며 살면 되지
그만하면 배부르지

쉽사리꽃

무밭 일꾼들이
은행나무 아래 모여 있다
퍼붓는 뙤약볕도
그늘만큼은 모른 척한다
몇은 소주잔 기울이고
더러 커피를 마신다
아픈 노모
말썽 피우는 자식
바람난 마누라… 돌아가는 말 마디마다
송골송골 땀이 맺힌다
사는 게 다 그런 겨
일하러 가자고!
털어내듯 모두 일어설 때
그을린 얼굴들 웃는지
치아가 반짝, 했다

점을 떼다

새끼들 온다 해서
수염 밀려고 거울 앞에 섰는데
눈 밑에 검은 점이 보인다
검불 같아서 손으로 떼내려니
쉽사리 떨어지질 않는다
세수를 하고서야 비로소 없어졌다
헙수룩한 점 모자란 점은
팔자거니 그러려니 하더라도
나쁜 점은 고치려 애쓰는데
그게 내 눈엔 잘 보이질 않는다
고작 작은 점 하나 없앴다고
거울 속 깔끔해진 사내가
멋쩍게 웃어준다

2부

푸른 주먹

텃밭으로 가는
나무와 나무 사이
거미줄이 쳐진다
오늘도 어제처럼
보이질 않으니
또 줄을 끊는다
무덥고 가문 날들
먹고 살아내는 일
참 만만치 않구나,
근대 한 줌 꺾어 나오는데
뙤약볕 쏟아지는 과수원
어린 사과알이 불쑥
힘내요! 우리 모두!
푸른 주먹 내미네

땀의 향기

험상궂게 생긴 택배 기사가
소금 포대를 싣고 왔다
어디다 내려요? 묻길래
바쁠 텐데 그냥 놓고 가라 했다
사나운 눈으로 힐끗,
내 위아래를 훔치더니
저어기 컨테이너에 넣을 거죠?
어깨에 짊어지곤 성큼성큼
창고까지 날라다 준다
찬물이라도 마시고 가시구려,
고마워하였더니
바빠요, 바빠!
달리다시피 지나가는데
시큼한 땀 냄새가 났다
어쩐지 향긋했다

꽃인 줄은 모르고

고향 산골로 돌아가
마당 가득 꽃을 심어서
천국을 만든 어느 누님이
아침 채송화 꽃 속에서
작은 꽃밭을 보았다고, 소녀처럼 활짝 웃는다
당신은 꽃이고
당신 속이 꽃밭인 줄은
미처 모르고

그리움에게

늘 웅크리기만 하는
늙은 어미 개가 가끔은
졸졸 따라다닐 때가 있다
마당 한 바퀴 돌고
호박밭 내려갔다 오고
땅콩밭 풀매기하는 동안
졸졸 뒤를 따라다니다가
멈추면 손이나 얼굴을 핥고
옆에 바싹 앉을 때가 있다
왜 그래? 아파? 외로워?
큰 눈만 끔벅거릴 때가 있다
사람아, 내가 취하여
가끔 벙어리가 되거나
늙은 개가 몸을 붙여 올 때
차마 말로는 할 수 없는
그런 속울음 있음을 알라

별을 줍다

별은 너무 멀어
잡힐 듯 말 듯 신기루처럼
젊은 날의 꿈처럼 아득하네
오색영롱한, 반짝반짝하는
꿈을 그래서 놓쳐버린 거야
평상에 우두커니 앉아
새벽하늘을 보는데
어라, 바닥에 떨어진 별 하나
살펴보니 어제 딴
토마토의 버려진 꼭지
어린 꿈 의젓하게 키우고선
비로소 초록별이 되었구나
손 위에 놓고 한참 보다가
가만히 가슴에 대어 본다
그렇구나, 그렇다면
새끼 둘 의젓하게 키워내고
멀찌감치 물러앉은 나도
이미 별이 된 건 아닐까
영롱하지도 반짝이지도 않는
이 작은 별처럼

하느님께

읍내 다녀온 사이
주차장 옆 코스모스가
무밭 미니버스 바퀴에
몇 포기 깔렸습니다
그제 옮겨 심은 맨드라미도
동남아 일꾼들 점심 자리
거적 밑에 깔렸습니다
그런 줄은 모르고
둘러앉아 밥을 먹다가
같이 먹자고 그릇째 내미는
그들을 나무랄 수 없었습니다
그늘에서 편히 쉬라고
웃어주기까지 했습니다
미리 줄을 쳐놓거나
큰 돌이라도 놓아두지 못한
제 잘못이오니 하느님,
회초리는 제가 맞겠습니다

채송화

개 짖는 소리에 내다보니
도시 냄새 물씬 풍기는
낯선 할머니가
활짝 핀 채송화를 보고 있다
저 앞집에 새로 이사 왔어요, 꽃이 너무 예쁘다며
어딜 가면 살 수 있느냐 묻는데
옆에 있던 아내가 덥석
작은 화분을 건네준다
커피 한잔 대접하며
이런저런 이야기 나누다가
고추 상추 아욱 근대 호박… 한 아름 안겨드리자
어떻게 답례를 하나, 포도주를 드릴까 하길래
전 독주만 마십니다
자주 오세요, 가져가시는 게
도와주는 겁니다, 하니
품에 안은 채송화처럼
활짝 웃는다

설마

새벽하늘에 걸린 별은
밤새 떠난 이들이 남긴 유서

꼭 하고 싶었던 말
죽어도 하기 싫었던 말
살아 옴짝달싹 못 했던 말
마지막이 되어서야
세상을 거침없이 벗은 말
들판을 바다를 휘달린 말
이윽고 하늘로 올라간 말

그러길래 어둠 속에서
미안하다 사랑한다, 고
반짝반짝하는 말
울먹거리는 말

함께 별을 보는 이여
지난밤 유서를 썼다가 지우고
썼다가 찢은 건 당신인데
왜 내가 설마를 타고 달린 건지
자꾸 울음은 나는 건지

똥 누는 일

꿈인지 생시인지
어제인지 오늘인지
아침 변기에 앉는 일은
몽롱한 시간 가르라는 것이다

나도 모르게 저지른 죄처럼
설사라도 나온다면
무언가 되짚어보라는 것이고
매듭짓지 못한 일처럼
변비로 끙끙거린다면
찬찬히 엮어보라는 것이다

시원한 황금똥을 보았다면
하느님 보기에도 좋았으니
나를 에워싼 모든 존재에게
머리 숙이라는 것이다

정화수를 떠놓거나
부처님 앞에서 합장하듯
공손하게 앉아 똥 누는 일도
오늘 하루 술술 잘 풀리라고
기도하는 것이다

연포에서

숨 막히게 차오르다가
때에 이르자 멈출 줄 아는
밀물을 보았다

그 물길 잡아서
뱃고동 울리며 출항하는
작은 배를 보았다

배를 따라가며
가만히 물러설 줄 아는
썰물을 보았다

낚싯줄 던지는 사람과
파도를 달래는 방파제와
잠들지 않는 등대를 보았다

돌아오는 길엔
뻘에서 다시 구멍을 파는
어린 게들도 보았다

돈가스가 달았다

성모병원 지하 식당
늦은 점심으로 돈가스를 먹는데
수녀님 두 분이 들어서더니
건너 장애인 자리에 앉는다
휠체어 탄 노 수녀님
옆에서 수발드는 젊은 수녀님
무엇이 즐거운지 연방
입 가리며 호호거린다
모녀인가 싶다가
아차, 그럴 리는 없지
수도원 선배님이 퇴원하는
기쁜 자리쯤으로 보인다
내 음식을 힐끗거리던 노 수녀님
무슨 성사처럼 귀엣말을 하자
이번엔 까르르 터진다
사뿐사뿐 나비처럼 오가며
젊은 수녀님이 음식을 가져오는데
아니나 다를까,
노 수녀님 앞엔 돈가스가 놓이고
젊은 수녀님은 햄버거 세트다
선글라스 너머 훔쳐보는지도 모르고
소곤소곤 맛있게 먹다가

가끔씩 각자 먹던 음식을
서로의 입에 한 점씩 넣어주곤
또 입 가리며 웃는다
성모님이 보살피는 병원에서
그분의 따님들과 함께 먹어서인지
오늘따라 돈가스가
꿀을 바른 듯 달았다

득음

밤새
처마폭포 아래서
갈고닦으며
피를 토하고
똥물까지 마셨는지
똑,
똑,
똑,
물 한 동이 받아놓고
맑게 내지르는
저 낙숫물 소리

씀바귀 꽃

한 사람만 한결같이 바라본 적 있는가
그의 옆에서 함께 울어 보았는가
빛나고 늠름하던 시절 다 보내고
드디어 구부정한, 눈조차 흐린
백발의 연인에게 손 내밀어 보았는가
나는 그렇게 살고 싶다
설령 쓰디쓴 길일지라도
그 사람이 웃는다면

인연론

씨앗을 뿌려보니 알겠더라
이르게 눈 뜬 놈은 귀엽고
때맞추어 나타나면 살갑고
더딘 놈은 반갑더라
더뎌도 너무 더디면
갈아엎고 새로 뿌릴까 싶다가도
끝내 움트면 미워서 고맙더라
생각하니, 인연이 그러하더라
봄꽃으로 왔다가 화르르 지기도 하고
편안한 옷처럼 오래 입기도 하고
더러는 버릴 수 없는 장독대 같기도 하더라
어쩌겠느냐, 사람아
땅속 씨앗이 아직 움트고 있을지
꼭 만나야 할 사람 오고 있는 건 아닌지
늘 눈 부릅뜨고
문 열어 두어야 하더라
기다리고 또 기다려야 하더라

모란 공작

푸른 오월 휘장 걷고
모란 아가씨 걸어오네

먼 길 떠나신 사람
그날 그 자리에서

한 겹 한 겹 마음 깁어
꽃송이 벙글고 있네

기다림은 뜨거워라
꽃잎은 붉디붉어라

어느새 이운 모란 꽃잎
어린 소녀가 줍고 있네

꿈에서 만난 왕자님
그곳 그 나라까지

한 잎 한 잎 깃을 달아
공작새 나르고 있네

그리움은 뜨거워라
날개는 붉디붉어라

비 오는 아침

1
풀잎이 젖는다
나무가 젖는다

숲이 젖는다
뻐꾹새 울음이 젖는다

밖을 내다보는
나도 젖는다

보이지 않는 사람아,
너도 젖는다

2
꽃잎이 젖는다
시간이 젖는다

오월이 젖는다
오래된 기억이 젖는다

창에 팔 괴이고
나도 젖는다

부를 수 없는 사람아,
너도 젖는다

푼수들

삼 년 전 잘라낸
참나무 가지 밑동에서
여린 줄기가 뻗는다

현관 앞 지팡이 놓는 자리
슬며시 핀 씀바귀 꽃이
어느새 주인 행세다

다 큰 새끼개가
어미 다리 물어뜯으며
아직도 어리광을 부린다

두릅 가시 박혔다며
내미는 손을 돋보기 쓰고도
안 보인다고 투덜거린다

모두 딱한 노릇이지만
못 본 척 하늘만 닦으시는
하느님도 좀 그렇다

할머니 이름은 이쁜이였다

어릴 적 이름이 이쁜이였다
또래 마을 계집아이들이
끝순이 후남이 또순이로 불릴 때
혼자만 어여쁜 이쁜이였다
호적 올리면서 면서기가
入分 입분이라고 적었지만
여전히 이쁜이였다
1988년쯤일까 행정전산화할 때
한자 잘 모르는 여직원이
入 입자를 八 팔자로 읽은 데다
分 분자는 푼으로 옮기는 바람에
정팔푼이 되고 말았다
졸지에 팔푼이 서방이 된
할아버지는 노발대발하고
재빠른 며느리가 등기소로 달려가
다시 정입분이 되었다
어디 이름자처럼
이쁘게만 살았겠는가
팔푼이로 산 날 많았고
더러는 지우고도 싶었으리
그러나 할머니 이름은
본디 이쁜이였다

버리지 못한 것들

버려야지 비워야지
창고 털어내는 날
그토록 가지려 애쓴 것들
누군가가 건넨 귀한 것들
아낌없이 밖으로 빼냈는데

차마 손댈 수 없는 것들
물려받은 고서 서화 사진첩…
어린 손주들이 가지고 놀
비닐풀장 튜브 미끄럼틀 썰매…
차곡차곡 다시 쌓았는데

선반 아래 박스에 숨어있는
젊은 날부터 모은 시집들
그리고 팔리지 않은 졸시집은
어떡하나, 옆으로 제쳐두었다가
마지막에 다시 밀어 넣었는데

물려받은 것과 아이들 것은
내 것 아니니 어쩔 수 없지만
내 것이라도 내 마음대로
할 수 없다는 것이 있다는 걸
새삼 깨닫긴 하였는데

달팽이

다음 생이 있다면
자식들은 모두 달팽이로 낳고 싶어요
집 걱정 없는 세상에서 살게요

라는,
시에 달린 댓글을 읽는 새벽

다 내 잘못인 것만 같다

타협

장마 때 빗물이 안방까지 스몄다고 하자
성씨 형님이 두어 차례 살피고 갔다
드디어 지프차에 자재 싣고 온 날
저는 데모도예요, 형수까지 거들며
뚝딱뚝딱 멋진 처마를 만들었다
형수가 머위대 따러 간 사이
받지 않으면 불편할 테니
재료비 팔만 원만 주시게, 하길래
무슨 말씀 형수님 수고비는 드려야지요
이십만 원 봉투를 차 안에 밀어 넣었는데
당신 품삯을 넣었나 봐,
다녀온 형수에게 일러바치자
안돼요! 받은 당신이 더 나빠요!
그럼 앞으로 아저씨 안 볼 거예요!
정히 제 마음을 거절하신다면
저도 앞으로 뵐 면목이 없지요
잠시 멋쩍은 정적이 흐르는데
아, 우리 맛있는 거 먹어요
송어회 파티 어때요?
좋지요, 형수님이 최곱니다!

향유享有

이른 놈 늦된 놈
굵은 놈 가는 놈
똑바른 놈 삐딱한 놈
콩 싹 나오는 모양
다 달라도

둥근 머리통
흙 바수고 나오면
기지개 한껏 켜고
떡잎 내미는 건
다 똑같다

보험적 삶

사십 대 무렵
아무도 모르게
연금보험을 몇 개 들었다
그것들이 다달이 나오는 지금
누구에게 손 벌리지 않고
내 앞가림하며 지내고 있다
이태 전 녹내장 선고받고선
다시 새 보험을 들었다
혹시나 실명이라도 하면
누가 손 잡아 주고
밥술 떠먹여 줄 것인가
곰곰 생각해 봐도
단 한 사람뿐이었다
그날부터 표시 안 나게
잔소리 조금씩 줄이고
별일 아닌 일 칭찬하고
주말에 오면 밥상 차리고
좋아하는 우족탕도 고았다
보험료 치곤 고단했지만
상상해보라!
암흑 속의 한 줄기 빛이란
얼마나 소중할 것인가

그런데 주계약을 하면
보조 특약이 따라오는지
며칠 전 딸아이가 말하길
아빠가 요즘 너무 잘해주셔서
저희 모두 감사하고 있어요, 한다
이래저래 내 늘그막은
보험이 짊어지는 셈인가

천박한 시

젊은 날 간드러지는
주현미를 좋아하는 나더러
후배 놈은 천박하다고 했다
허허 웃고 지나왔지만
더욱 책 읽고 시를 쓰고
말본새도 고치려 했는데
이태 전 마을 도자기 축제 때
노래자랑 무대에 뛰어들어
덩실덩실 춤추고 난 뒤론
생겨먹은 대로 살기로 했다
얼마 전 미스트롯 2에서
아끼는 전유진이 떨어질 땐
심사위원을 죄다 노래시켜서
내 맘대로 점수 매기고 싶었다
동주의 서시나 소월의 진달래꽃이
신춘문예를 통과하겠냐며
흰소리 뺑뺑 치는 까닭도
고상과 우아와는 어울리지 않는
타고난 천성이겠지만
실은 그런 주인 잘못 만난
내 시에 대한 안쓰러움이니
나는 과연 천박한 인간이로다

꼬리

개가 꼬리를 흔든다
흔들리는 꼬리에겐
생각이 없다
판단도 없다
당신이 있을 뿐

꼬리는
당신이 그렇게 하고 싶은
그러나 한 적 없는
황홀한 고백이며
순결한 맹목이다

꼬리는 모른다
마음과 몸은 하나라는 것
사랑은 숨길 수 없다는 것
그냥 흔들릴 뿐이다

어떤 족속은
거짓말을 하기 위해
꼬리를 감추었다고 한다

3부

봄밤, 빗소리

싹이 돋고 꽃이 피고
다시 봄인데

돌아오지 않는 소리
이제 듣습니다

사랑한다
사랑한다

어린 귀에 속삭이는
당신 말씀들

간절곶으로 가야겠다

언 땅을 딛고
흔들며 흔들리며
봄을 기다리는 것
그 모든 몸짓은
꽃을 피우려 함이었다
드디어
가슴에서 꽃을 꺼낸
꽃다지 안고서
밤 기차를 타야겠다
천만년 기다리며
파도치고 있는 자리
간절곶으로 가야겠다
그 바닷가 우체통
꿈을 잃었다는
이젠 사랑할 수 없다는
내 가난한 이에게
꽃다지를 부쳐야겠다

피납골 옹달샘

- 최진복 김시중 내외분에게

강화 섬 북쪽 고려산
진달래 능선이 우려낸 물을
서해 바다로 돌려주는 자리
피납골 쉼터가 있었다

진달래뿐이었겠는가
소나무 물박달나무 생강나무...
고라니 노루 멧꿩 산비둘기...
어영차, 샘물이 흐르고 있었다

새끼 키우며 먹고 사느라
도시에게 청춘 다 주고서야
비로소 허락받은 이들이
산그늘에 깃들어 있었다

어린 시절 들꽃들을
부지런히 불러 모으는 사내와
조용히 지켜보는 아낙이
들꽃처럼 웃고 있었다

산비탈에서 얻은 나물들
샘물에 헹구어 다시 내놓는,

옹달샘을 닮아버린 부부가
그렇게 산이 되고 있었다

봄날

봄 햇살 앉는 자리
민들레가 피었어도
늙은 개는 무심하다
꽃방석인 줄 모르고
자꾸 눈꺼풀이 무겁다
우체부 오토바이 소리엔
짖는 시늉만 할 뿐
움직이진 않는다
늙은 농부가 텃밭에서
뭐라 구시렁거리든
어제 떡 감은 하늘이
구름 띄우든 흐르든
마냥 졸리기만 하다

참 시인

달마산 미황사에서
병과 가난을 밑천 삼아
시를 쓰던 김태정이란 시인은
무슨 문화 재단에서 주겠다는
오백만 원을
쓸 데가 없다고
끝내 손사래 쳤다고 한다

그래, 그래서
나는 가짜인 거라

카누를 타고

난로 위 주전자가 펄펄
온몸 흔들며 어디론가 가잔다
발목 묶인 코로나 시절
넌들 떠나고 싶지 않겠느냐
카누라고 적힌 스틱커피
끓는 물 빈 봉지로 노를 저어
서걱서걱 뱃길을 나서볼까
발달장애 아들 첫 직장인 카페
구석자리에서 가슴 졸이는
어머니를 만나볼까
몇 달간 집에 못 간 채
어린 딸과 영상 통화하면서도
울지 않는 간호사를 찾아가 볼까
동네 입구 과일 노점에서
볼품없는 사과만 골라 담는
퇴근길 영이 아버지를 지켜볼까
일하는 아들 며느리 대신
손자 다섯 맡아 키우는 할머니
움막집을 들여다볼까
줄 풀고 며칠째 돌아오지 않는다는
성씨 형님네 똘이 찾으러 다녀볼까
벌써 마음은 활활 뜨겁고

배는 방 안에서 맴도는데
꽃샘추위 버티고 선 문밖
어디부터 갈까나

호호의 비밀

이른 아침 수목원 김 원장님 따라간
만리포 초입 호호아줌마 식당
어서 오세유, 호호
원장님 아님 이 시간엔 문 안 열어유, 호호

얼마나 오랫동안 웃었으면
얼마나 많이 웃었으면
얼마나 잘 웃었으면
호호 아주머니가 되었을까

낙지볶음에 나물 넣고 비비세유, 호호
콩나물 듬뿍 넣으세유, 호호
청국장도 계란찜도 넣으세유, 호호
먹을만 하지유, 호호

얼마나 오랫동안 견뎠으면
얼마나 많이 감췄으면
얼마나 잘 삭혔으면
호호의 달인이 되었을까

그릇은 넘치도록 넉넉하고
맛은 절로 어우러지고

웃음은 마약처럼 번져서
우리도 덩달아 하하, 호호

시의 족속

미래 인간은
AI의 지배를 받지 않으려
아예 뇌 속에 인공 칩을 심을 거라고
일론 머스크는 말한다
끔찍하게도 불멸이 되어
원해야만 죽을 수 있단다
사람이 신과 필적할 그때엔
소소한 희로애락이나
사랑의 기쁨과 슬픔도 없을 테니
시인은 아예 사라지겠다
가끔 회로 고장이 나서
따뜻한 노래나 위로 같은
한 편의 시가 필요할지라도
알맞은 낱말과 문장으로
척척 자급자족하면 될 일이다
그러나 오고야 말 그 미래에도
지구 어느 으슥한 모퉁이에
여전히 잠 못 이루는 이들이 있어
누군가 몰래 손으로 시를 쓰면
비밀결사처럼 돌려가며 읽어주는
독자들이 남아있기를, 부디

삼지닥나무, 꽃

가지가 셋으로 갈라져
올린 손끝마다 꽃을 피우고
껍질로는 종이를 만든다는
삼지닥나무

겨울 바닷가
채 떨구지 않은 꽃송이
수줍게 내미는
삼지닥나무

할 일 다 마치고도
할 수 있는 일 있어 좋다는
당신을 빼닮은
삼지닥나무

사랑은, 사랑이란
시들지도 늙지도 않는다는
겨울 천리포 수목원
삼지닥나무, 꽃

거룩한 발

12월 31일 오전 10시경
신정 쇠러 서울 가는 길
광주 땅 들어서니 차가 밀린다
앞은 덤프 뒤는 레미콘 옆엔 냉동차
큰 트럭들이 에워싼다
비로소 보이는 커다란 바퀴들
높은 운전석은 보이지 않지만
늘그막 하거나 어깨 벌어진
어느 집 가장들이 앉았겠구나
한 해 마지막 날
이곳에서 저곳으로
오늘에서 내일로
희망에서 기쁨까지
나르고 있는 저 아버지들
봄여름 가을 겨울
지구를 돌리는 일은
우주나 신의 섭리겠고
BC 지나 AD를 끌고 가는 건
영웅이거나 시인일 지 몰라도
악다구니 이 세상
삼백육십오일 꼬박 돌리는 건
저마다 맡은 바퀴 구르는

우리네 이웃들의 밭인 것을
얼핏 먹고살기 위해서라는
비루하고 얄팍한 생각 위로
부르릉, 바퀴 소리 덮이네

저

보일 듯 잡힐 듯
이와 그 사이

옆에 있진 않아도
늘 같이 있는

저
저기

저것 혹은
저 사람

불꽃

이다지 아름답다니
폭설에 갇히고도 당당하다니
화르르 피었다 지는 일이 한 생이라니
사랑도 미움도 신기루였다니
스러진 자리가 영원이라니
타는 일만으로 완성이라니
오오, 꽃이었다니

억새꽃

머리 풀어헤친 여자
헤프게 헤프게 웃는 여자
그러나 초점을 잃은 여자
버림받았을 것 같은 여자
버림받고도 억세게 억세게 견딘다
갈바람 한 줄기에 무너진 여자
뜨겁던 그날처럼 흐트러진 여자
내가 버렸을 것만 같은 여자
외로움도 괴로움도 벗어 버리고
자꾸 가벼워지는 여자
다시 사랑하고픈 여자

네 덕이다

찐 고구마로 세 끼 때웠다
게으름 덕이다

아직 고구마가 많이 남았다
밭주인 덕이다

긴 장마에도 실하게 자랐다
하늘 덕이다

고등어조림 밑에도 깔았다
바다 덕이다

아침엔 황금똥을 보았다
고구마 덕이다

그리운 것은

그리운 것은
캄캄한 밤길로 오네
잠들지 못한 머리맡으로
푸른 별빛 하나 흔들며
혼자서 오네

그리운 것은
새벽 숲길로도 오네
풀잎 이슬에 얼굴 씻은
해맑은 요정처럼
환하게 오네

그리운 것은
햇살 깨문 새소리로 오네
그리워하는 줄 안다며
나만이 알아들을 수 있는
노래로 오네

그리운 것은
언제 어디서든
보이고 싶은 모양대로 오네
마음먹으면 닿을 수 있는
영원처럼 오네

초승달 단상 · 7

그대는 나를 보고
저는 그대를 봅니다

서로 그리워한 만큼
오래 그리워한 만큼

그것이면 됩니다, 그러나
너무 야위셨습니다

눈을 닦고 다시 봅니다
뚫어져라 바라봅니다

가을 산책

종소리가 들리면
저절로 침을 흘리는
파블로프의 개처럼
우리 집 새끼개도
지팡이로 앞을 탁, 탁 치며
이쁜아, 뒤로! 하고 말하면
더는 앞으로 나오질 않는다
그렇게 모녀 개를 데리고
느릿느릿 들길 걷는데
늙은 벚나무가 하늘을 향해
옷을 훌훌 벗고 있었다
사람에겐 들리지 않는
풍금 소리라도 울리는 걸까
걸으며 가만 생각하니
노란 점퍼를 입은 나도
어느새 가을에 물든 셈이다
괜스레 심통이 나서
지팡이 탁, 탁 내려치면서
허공에 대고 중얼거렸다
가을아, 뒤로!

그리움은 비겁하다

사내답게 달려가
와락 껴안아 버리든가
세상눈이 무서우면
손잡고 멀리 달아나든가
끝내 이루지 못할 거면
가을처럼 활활 타버리든가
이도 저도 용기 없으면
차라리 바위라도 되든가

무명이 되어

드디어 나는
혼자서도 잘 웃게 되었다
무 싹 나오는 모양이나
어린 배춧잎 펼칠 때면
영차, 따라 힘주게 되었다
어미 개 데리고 걷는 손녀나
들꽃 든 아내를 보면서는
실실거리게 되었다
소나무에 내려앉은 달하고는
석 잔 술이면 서로 얼근해져
흘러간 노래 읊조리면서
고요가 고마운 줄 알게 되었다
여기저기 엄살 부리는 몸이나
나날이 흐릿해지는 시력도
응석이거니 너그러워지고
굳이 손 벌리지 않아도
반찬거리 내주는 텃밭에게
고개 숙일 줄도 알게 되었다
원고 청탁 없는 시인이지만
시를 쓰고 쌓는 일을
참회록으로 여기게 되었다
무엇보다 기특한 건

아무것도 이루지 말자는 다짐
이 가을까지 한결같으니
자면서도 웃게 되었다
벗이여, 어느 날
불러 기척이 없거들랑
아, 구름이 되었구나
그리 여기시게나

그렇게 돌려주는

마이삭이 분질러 놓은
뽕나무를 톱질하면서 생각했어
매달 아니 매주 아니 매일 한 번씩
태풍이 왔으면 좋겠다고
너무 센 매미 같은 건 말고
바비처럼 겁만 주는 태풍
서해로 오든 동해로 오든
한가운데를 가로지르든
부리부리한 눈 치켜뜨고
망나니 춤을 추는 동안
남과 북 동과 서 좌와 우 없이
높고 낮음도 빈과 부도 없이
오직 우리만 존재하는 시간
우리가 뭘 잘못했는지
우리는 왜 어리석었는지
다 날려 버리고
다 쓸어버리고
다 씻어 버리고
그리하여
처음 지은 세상처럼 그렇게
갓 태어난 아이처럼 그렇게
가을 하늘처럼 그렇게
돌려주는 태풍 말이야

불황

어젠 우물가에서
촘촘한 그물 던지고
주차장 길목에선
밧줄 걸어 당기더니
오늘은 현관 앞에다
올무를 놓다니

끝 모를 안갯속 불황
엎친 데 덮친 코로나에
염치 모르는 장마
실업률 사상 최악
성장률은 마이너스

산 입에 거미줄 칠 순 없고
어린것 연필은 사줘야겠고
단칸방 월세도 밀렸을 테니

이해 하마, 거미야
힘내렴

청련계원聽蓮契員 모집

연꽃 보러 가세나
함안 땅 조남산 성산산성
연못 터에서 찾아낸 연꽃 씨앗 열두 알
아라가야 거쳐 고려 시대까지
칠백육십 년 동안 숨긴 이야기
싹을 틔워 이만여 평 가득 채운
아라홍련 연방죽 보러 가세
청련계를 짜서 한 푼 두 푼 모은
옛사람들이 해 뜰 무렵
뗏목을 타고 노를 저어
연꽃 펼쳐내는 소리 들으며
은은한 꽃향기 속에서
하로차*에 취하듯이
사랑하는 벗이여
세계일화世界一花
만생일가萬生一家
온 세상이 한 송이 꽃으로 피니
무릇 산목숨은 한 식구 아닌가
예나 이제나 고달프긴 마찬가지
더위든 코로나든 가난이든
등짐으로 지고서라도
함께 손잡고 꽃 보러 가세
아라홍련 보러 가세나

부추꽃

멀지도 않은 조선시대
국민의 칠 할이 노비였다지
아무개 대왕 아무개 대감 아무개 장군이
저 삼십 프로 안쪽의 양반일 때
아비 노비 모시고 새끼 노비 키우며
농사짓고 성곽 쌓고 매질당하며
전쟁 나면 목숨까지 바친 건
연줄 없고 글 모르는 노비였다지
그렇게 나라를 지킨 목숨처럼
봄부터 늦은 가을까지
베이고 뜯기고 베이고 뜯기고…
하늘 한번 제대로 못 보면서도
이 땅을 지키는 민초가 있다지
옆집 계집 노비 같은, 그러나
늘 꼿꼿하게 허리 세우는
눈물겨운 꽃이 있다지

무명 시인
– 김영기 시집 '무명 시인'을 읽고

꽃집에는 없을 거라
갈래머리 산골 소녀가 그린
이름 모를 들꽃들

책방에서는 못 보았을 거라
부끄럼 타는 백발 소년이
몰래 읊조린 시편들

저자에서는 알리 없을 거라
93세 노모와 70세 아들이 펴낸
향기로운 시집이란 걸

출판 기념회도 없었을 거라
고향 밭두렁 들꽃들에게
읽어주고 말았을 거라

빵꾸

빵꾸라 쓰고 보니
아차, 외래어인가 싶어
구멍이라 고쳐 보니
어라, 이 느낌 아니다 싶어
펑크라고 적고 보니 갸우뚱
이크, 너무 거창하다 싶어
다시 빵꾸라고 씁니다

양말에 빵꾸 났다는 거지요 뭐
밭일 좀 했다는 거지요 뭐
이달 들어 네 켤레째

실화

미사 시간 맞춘 듯
낡은 본당 출입문을 고쳐 준
솜씨 좋은 목수가 고마운 신부님
받으세요, 성당 창립 미사 때 만든
기념 지갑입니다
그러자, 이깟 것 받으려고
바쁜데 달려왔겠느냐며
목수가 버럭 화를 내었다
그럼 어떻게 해드릴까요?
당황한 신부님이 묻자
아무리 못해도 십만 원은 주셔야죠
성당 일이라 싸게 해 드리는 겁니다
꼭 그리 원하신다면 할 수 없지요
신부님은 주려던 지갑을 열고
속에 넣어둔 삼십만 원에서
십만 원을 꺼내어 건네주었다
빙그레 지켜보는 성모상 앞
꽃들도 활짝 웃는
봄날이었다

번개

쯧쯔 쯧쯔쯔쯔, 하면
다섯 강아지 쏜살같이 달려든다
장난감 없고 동화책도 없으니
할배만 한 놀이감 어디 있을까
늘 일등으로 달려오는 '번개'를
오늘은 한참 쓰다듬는다
내일 오실 손님에게
먼저 안기는 놈 데려가시죠,
웃으며 권할 것이므로
어딜 가나 귀염 부릴 테니
덜 서운할 것이므로
허기사 하느님께서도
늘 곱고 어진이 골라
먼저 데려가신다잖아

4부

시간의 진심

봄을 주어
겨울을 넉넉하게 하고

사랑을 주어
아픔을 쓰다듬게 하고

어둠을 주어
날마다 가다듬게 하고

늙음을 주어
몸을 덜어내게 하고

마침내
죽음을 주어
훨훨 벗어나게 하고

목련

십 년 백 년 천 년
그 자리 흰옷 입은 걸음
우아한 품격이라면
이쯤은 갖춰야지

십 리 백 리 천 리
눈 감으면 그윽한 향기
누구를 위한 향수라면
이쯤은 골라야지

열 개 백 개 천 개
꼼꼼히 빚은 수제 꽃등
꼭 그 사람이어야 한다면
이쯤은 밝혀야지

열 번 백 번 천 번
눈빛만 건네는 고백
그대, 사랑을 꿈꾼다면
이쯤은 돼야지

그늘의 깊이

축제 취소되었든 말든
마을은 길을 열었다

마스크 썼건 안 썼건
산수유는 활짝 반겼다

꽃 더미 등에 업고
갑남을녀 활짝 웃었다

진달래를 피우는지
뒷산 볼이 발그레했다

돌담길 따라 걷다가
문득 나무 아래를 보았다

팡팡, 웃음소리 터질수록
깊어지는 그늘이 있었다

나의 시는

산은 푸른 피 길어 올려
숲을 키우고

강물은 밤낮 노래 부르며
바다로 나아가고

나무는 손가락 깨물어
꽃을 피우고

풀은 온몸 뒤척이며
뜻을 세우는데

붉은 피 적신 시 한 편
여적 쓴 적 없으니

소통의 원리

삼 년째 쓴 난로
안으로 연기 거품 내뿜길래
부랴부랴 긴 쇠 파이프로
쌓이고 쌓인 검은 가루
박박, 후련하게 긁어내자
비로소 신바람 난 불꽃
연통 따라 길을 낸다

앞뒤 막힌 가는귀
세상 탓으로만 돌렸구나,
귀이개 어디 뒀더라

까닭

나무가 몸을 비트는 건
하늘을 보기 위해서다

길이 몸을 구부리는 건
이정표가 있기 때문이다

파도가 몸부림치는 건
갯바위에 닿으려는 것이다

바람이 맴도는 건
마음 둘 데 찾지 못해서다

내가 자꾸 하늘 올려보는 건
네가 까마득해서이다

낙엽이 가는 길

다락방에서 굴러떨어져
머리에 금 가고 갈비 석 대 부러진
일흔다섯 재희 할머니
한 달여 만에 귤 한 박스 들고
노래 교실에 나오셨다

걱정 끼쳐 미안하다고
병원 허락받고 나왔다며
발그레 웃으신다
모처럼 노래 한 곡 하셔야죠
마이크 쥐여주자 얼른 받는다

내 몸이 떨어져서 어디로 가나
지나온 긴 여름이 아쉬웁지만
바람이 나를 밀고 멀리 가면은
가지의 맺은 정은 식어만 가네
겨울이 찾아와서 가지를 울려도
내일 다시 오리라 웃고 가리라
– 심현섭 작사 '낙엽이 가는 길' 1절

삶과 죽음을 넘어서면
미련도 아픔도 사라지는가

창밖 가지 끝 잎새 흔들흔들
노랫가락에 매달린 우리도
박자 맞추며 흔들흔들

남쪽에서 온 편지

고향의 가을밤은
어찌나 아름다운지
별빛도
달빛도
유난히 밝습니다
산수유 붉디붉게 익어가는데
먼 산에 흰 눈이 소복하게 내리고
어젯밤은
어디선가 아직 살아있는 귀또리
뒤척이는 소리 들렸습니다
많이 추웠을 듯싶어 안쓰러운 마음에
방문을 잠시 열어놓고
리스트의 '위로'를 들려주었습니다
고향에 온 지 3개월 차
2019. 11. 22
구례의 가을을 보냅니다

할 노릇 다한
일흔 나이 되어서야
고향 구례 산동마을로 돌아간
어느 누님이 보낸 가을엔
어떻게 사랑해야 하는지

삶은 왜 아름다워야 하는지
곰살맞게 묻어있었습니다

불꽃의 노래

나비였구나
비둘기였구나
독수리였구나
훨훨 나르고 싶었구나

피리였구나
장구였구나
하모니카였구나
한껏 노래하고 싶었구나

별이었구나
붓이었구나
바람이었구나
해맑은 영혼이고 싶었구나

마른 옥수숫대 가지대 고춧대
거두어 태우노라니
그것들의 푸른 꿈
활활 거침없이 펼쳐지네

고요한 눈

높이 오르려 했지
많이 가지려 했지
크게 나부끼려 했지

땀 흘리면 이룰 줄 알았지
노래만 부르면 될 줄 알았지
영원할 줄 알았지

시간이라는 벌레가 갉아먹어
구멍을 낼 때까지는

이젠 보이네
어리석음을 기뻐하는 사람
넉넉함으로 받아들이는 농부
나누어 가벼워지는 가을

바닥에 누워서도
푸른 하늘 바라보는
저 낙엽의 눈!

다릅나무 차받침

인사동 취명헌 찻집에서
찻잔이나 받치는 노릇이지만
우러나는 향기 코끝 스치면
절로 그윽해지는 것이다

손바닥만 한 나무토막
비바람 생짜로 아로새긴
오십여 개 나이테가
제법 그럴싸해지는 것이다

다릅나무예요,
주인 할매 힘주어 말할 땐
더할 것도 뺄 것도 없으니
으쓱 우쭐해지는 것이다

단 한 편 남길지라도
시란 이처럼 마디게 써야 한다는
어느 시인의 너스레엔
그만 황홀도 해지는 것이다

구르는 돌

늦은 밤
가로등 불빛 아래
둥근돌 하나
앞서가네

오래전
어느 바위에서 떨어져
떡 벌어진 어깨로
굽이굽이 흘러 흘러

마침내
여기 하류까지 닿느라
닳고 닳은 등짝 지고
황성옛터 부르며 가네

아직도
떼구루루 구르진 못하여
허락된 생 한 덩이
비틀비틀 굴리며 가네

과꽃

두 학년 높았으나
누나라고 부르지 않았다
누나가 없었으므로
누나라고 부르고 싶었지만
나보다 한 뼘이나 더 커서
아예 쳐다보지를 못했다
과꽃을 보면
파란 하늘 아래
깔깔 명랑하게 웃던
문간 셋방 그 소녀가 생각난다
어쩌다 다시 만난다면
이젠 말 붙일 수 있을지
잇몸은 여전히 붉을지

사랑

장맛비 쉬는 점심 무렵
꽃밭으로 벌이 날아들었다
나비도 두엇 왔다
젖은 날개 퍼덕이며
이 꽃 저 꽃 문을 두드린다
열까 말까 모두 망설이는데
채송화 한 송이 살며시
몸을 열어 준다
식솔 몇이나 두었는지
갚아야 할 빚이라도 있는지
젖은 날에도 일해야 사는 것들
덩달아 꽃집 식당은
휴일이 없다

마당이나 쓸고

딱, 딱따, 딱따구리
딱, 딱따, 딱따구리
새벽을 깨우는 소리
고요를 보듬는 소리

남들 다 노는 현충일
집 짓고 새끼 키우느라
그렇게 저렇게 먹고 사느라
온몸 부리는 소리

딱, 딱따, 딱따구리
딱, 딱따, 딱따구리
미안하고 감사하고
나는 마당이나 쓸고

완전한 사랑

판독 불가인데요,
지문 감식기에 몇 번
엄지를 대게 한 주민센터 여직원이
자기 탓인 양 웃더군요
고작 봄 농사 삽질하고
오월 들어 풀 뽑기 했을 뿐인데
지문이 닳다니요

문득 생각났지요
오른손이 하는 일
왼손 모르게 하라던 말씀
그렇지, 이젠 하는 일마다
흔적 남을 리 없겠구나
앞뒤 재거나 가슴앓이 같은 거
깜쪽같이 안 해도 되겠구나
맘껏 사랑할 수 있겠구나

전생에 나라 구한 적 없고
삼대에 걸쳐 덕 쌓았을 리 없는데
늘그막에 웬 복 일까요
사랑하는 그대여
기쁘시지요?

풀을 뽑다

키 큰 놈부터 뽑는다
잎 넓은 놈을 뽑는다
덩굴 뻗는 놈은 낫으로 벤다
뿌리 깊은 놈은 호미로 캔다

못된 성질머리부터 뽑는다
나부대는 아는 척을 뽑는다
쉴 틈 없는 욕심은 낫으로 벤다
잘난 척 오만방자는 호미로 캔다

작은놈은 그냥 둔다
갸우뚱 낯선 놈도 그냥 둔다
먹을 고들빼기도 그냥 둔다
갓 꽃 핀 민들레도 그냥 둔다

고요한 마음 그냥 둔다
타고난 멍청함은 그냥 둔다
귀여운 건망증도 그냥 둔다
밤낮 모르는 눈물샘도 그냥 둔다

오월의 시

너는
서 있기만 해라

온몸에 창을 낼 테니
가만히 있기만 해라

하느님 전상서

하느님 왜 그러셨어요
제가 지은 죄가 많은 건
순전히 제 탓이지만요
제가 모르는 죄를
왜 몰래 숨겨두셨어요
인두겁 쓴 미물일 따름이라
세상 저잣거리를 벗어나
외진 곳으로 숨은 저를
아직도 시험에 들게 하시다니요
비록 무위도식하는 밉상이지만
손주 셋이나 둔 할배로서
당신이 주신 이 삶을
조금씩 내려놓으려고 하는데
아직도 짓궂게 놀리시다니요
정말이지 서운합니다
정히 제가 못 미더우시면
제가 알든 모르든
저로 인하여
상처받은 모든 이에게
축복과 위로를 해주십시오
그러하지 아니하신다면
이제부터

제가 모르는 죄만큼은
당신에게 돌려버리려고요
깊으신 하느님
아셨지요?

상처가 꽃이 되네

멀쩡한 가지마다
생채기가 난다

누가 긁지도 않았는데
불거진 자리마다

꽃이 피네
꽃이 핀다

머리통 쥐어박아서
꽃이나 되어 볼까

그대가 볼 적마다
활짝 웃어나 줄까

칼집

싸우지 않고 이기는 것이
가장 좋다고 했다

오늘 나는
손가락 하나 까딱 않고
나를 이겼다

날카로운 혀
입안에서 뽑지 않았다

동백꽃

주고받는 거 아니라고
밀고 당기는 거 아니라고
모가지 툭, 꺾어 주는 거라고
주어도 주어도 모자란 거라고

깨를 털면서

바람의 뒤를
얌전히 따라가는 검불들
티끌들

허공에도
길이 있었네

가을 기차

차창마다 울긋불긋
그림엽서가 걸려있다

몰래 한 장 뚝 떼서
너에게 보내고 싶다

5부

노을의 시

나의 오늘이
가장 뜨거운 시간
눈의 들보는 다 태웠는지
등 뒤 검불은 남지 않았는지

나의 그림자가
가장 길어지는 시간
혹 뿔은 돋지 않았는지
휘청 구부러지진 않았는지

나의 영혼이
가장 고요한 시간
들끓던 속 다 가라앉았는지
구름처럼 가벼운지

좋아하는 사람

눈에 티 하나쯤 박힌 사람
엉덩짝에 겨 묻은 사람
겸손한 사람
목소리 낮은 사람
명함에 이름만 있는 사람
아무거나 잘 먹는 사람
식당 아주머니에게 쩔쩔매는 사람
밥값 쏜살같이 내는 사람
공과 사는 분명한 사람
허물없는데도 말 놓지 않는 사람
수레가 두 바퀴인 걸 아는 사람
교회 다닌다고 말 안 하는 사람
상장 보여주지 않는 사람
뭔가 자꾸 주려는 사람
야채 할머니 떨이해주려는 사람
보자마자 웃는 사람
걷자고 하는 사람
술 안 취한 척하는 사람
말씨가 고운 사람
내 말을 끝까지 들어주는 사람
시를 좋아하는 사람
그러나 시는 모른다고 하는 사람

시집 냈을 때 축하해주는 사람
볼수록 바위 같은 사람
무엇보다 나를 믿는 사람

수박밥

먹느라 사느냐
사느라 먹느냐

창밖 휘파람새
괜한 걸 물어댄다

막 따온 토마토냐
냉장고 수박이냐

가릴 것도 아니면서
혼자 중얼거린다

와삭와삭 소리 내어
아침 수박을 먹는다

밥은 씹는 맛이다
씨는 퉤퉤, 더 신났다

불멸

발목 삐걱거려서
병원 다녀오는 길
페트병 생수로 더위 달래다가
문득 태평양 한가운데 떠돈다는
플라스틱 섬이 떠올랐다
곧 버려질 이 페트병도
태양에 녹고 파도에 깎이면서
산산조각 물고기의 먹이가 되고
생선이라면 사족을 못 쓰는
내 뱃속으로 들어올 것이고
그리고 어느 날
나와 함께 한줌 재가 되어
석유로 지냈던 머나먼 고향
그리운 시절로 돌아가리니
그렇다면 이 페트병을 따라가면
일회용인 줄 알았던 내 생애도
다시 석유가 되고
플라스틱이 되고
물고기가 되고
내가 되고

나를 만나다

작달비 지나간 풀밭
애호박 따러 가다가 만난 사내
도망치다 넘어진 도둑처럼
계면쩍게 웃고 있는 사내
어저께 노을 담을 때
핸드폰 갈피에서 몰래 달아났을 사내
시인 이인수
시인이란 모자가 버거워
제대로 내밀지 못한 사각 명함 속에
스스로 묶여버린 사내
한 시절 사자처럼 사나웠으나
이제는 소나무 아래 웅크린 사내
소리 없이 잊히길 꿈꾸며 숨었으나
몇 올 남은 갈기 때문에
아직도 세상 쪽으로 기울어진 사내
본새 있는 사랑 한 번 제대로 주지 못해서
밤이면 달빛 맞으며 괴로워하는 사내
그러나 명함 속 외딴집에는 썩 어울리는 사내
뻐꾹새 노래에 곧잘 장단 맞추는 사내
비에 젖든 노을에 물들든 잊히든 말든
시 없이는 못 살겠다고 중얼거리는 사내
볼수록 볼썽사나운 저 사내

불량한 기도

원수를 사랑하라고요?
꼴도 뵈기 싫은 건넛집 박 씨 영감
이뻐하라고요?

박해하는 자를 위해 기도하라고요?
일테면 김정은이 같은 자를 위해
두 손 모으라고요?

하나님
제발 다시 고려해주세요
말이 쉽지 얼마나 어려운 건데요
설마 사랑하는 척 기도하는 척
시늉하라는 건 아니잖아요

그 편 입장이 되어
처음부터 살펴보기는 하겠고
제 잘못도 낱낱이 셈하여
용서까지는 해보도록 하겠지만

사랑이라니요
오, 기도라니요
저는 죽어도 못하겠어요

꽃의 고백

캄캄하고 깊은 데서
오래도록 망설였을 것이다
티끌만 한 결심을 하고서야
몸 풀기 시작했을 것이다
비틀고 부풀리고 빨고 밀고
한순간 멈추지 않았을 것이다
입속까지 끌어올리고서도
몇 날을 다시 꼭꼭 씹었을 것이다
이윽고 어금니 다 닳고서야
툭, 터져버린 말일 것이다
그러나 잘 소화시켰으므로
가장 향기로운 고백일 것이다
사랑을 그대에게 건넬 때
눈썹 파르르 떨었을 것이다

그대가 꽃밭이다

잠깐 들렀다는 양계장 장 씨
패랭이 수레국화 달맞이꽃 고광꽃…
하나씩 살펴본다
잘 돌보셨네요

캐 가세요, 삽을 내밀자
후줄근한 소매로 손사래 친다
웬걸요 저것 보세요
민들레 지칭개 고들빼기 개망초…
하늘이 잘만 키우시는데요

문득 나는 보았다네
초라한 마당 꽃밭과
텃밭 너머 들꽃들 사이
화르르 피어나는 웃음꽃을
기화요초 우거진 한 생애를

쓰고 싶은 시

가슴 둥둥 울리는 좋은 시
입에 착 달라붙는 멋진 시
끙끙 앓으며 쓴 어려운 시
― 그런 시는 못 쓰겠고

담박 읽혀서 시일까 싶은 시
손 내밀면 잡히는 가벼운 시
손주도 알아먹는 쉬운 시
― 이런 시라면 시늉하겠지만

정작 내가 바라는 건

주모가 술 한잔 쳐주는 시
마누라가 옷 한 벌 사주는 시
상한 영혼을 위한 따뜻한 시

찔레, 하고

찔레, 하고
불러 보았다
아까부터 빗방울이
찔레, 찔레, 찔레 하길래
찔레, 하고 불러 보았다
서랍 속 쓰지 않는 도장
쓱쓱 문대고 들여다보듯
찔레, 하고 불러 보았다
흐릿한 이름자 하나
떨기 떨기 피어날 것 같아
찔레, 하고 불러 보았다

선물 사용법

옷을 받으면
그 사람을 입고

음식을 받으면
그 체온을 먹고

책을 받으면
그 마음을 읽지만

사랑을 받으면
아, 사랑이 오면

영혼을 주면 되나
목숨을 걸면 되나

불일암* 가는 길

스님께서 살아 걸었을
대숲 사잇길 따라 흐르니
출가하는 듯 홀가분하다

솔솔 부는 산바람
저자에서 지고 온 짐이
댓잎처럼 가벼워진다

텅 비운 속이라야
꼿꼿이 위로 오른다는 걸
대나무를 보니 알겠다

구슬땀 훔칠 즈음
올려다보는 하늘 구멍
스님도 가슴 탁 트이셨을까

*법정 스님 입적하신 암자

오동도 오동동

용골 가는 동백 숲
연지 지운 여인이
오솔길에 누워있네
사랑이 뭔
사랑은 뭔
입술 부르튼 푸념이
발밑에 널려있네
내 탓 같아서
그 사람 같아서
꽃잎 들여다보려고
허리 굽히는데
낮술에 취한 건지
볼 낯이 없는 건지
오동동 이리 비틀
오동동 저리 비틀

취한 봄

하늘만 한 술독이 있다고 치자
봄이란 이름의 그것을 하나님이
주무시다 발로 찼다고 치자
백 가지 꽃으로 묵혔다는 술 향기
바다 건너 산 넘고 강 거슬러
넘실넘실 밀려온다고 치자
소쩍새 밤새 우는 봄밤
나는 그대에게 그대는 나에게
까닭 없이 취하는 것
홍매 백매 입술 달싹거리는 것
앞산 진달래 뒷산 살구꽃 울긋불긋
냉이꽃 민들레 꽃다지 해롱대는 것
다 봄 때문이라고 치자
다 하나님 탓이라고 치자
오랜 벗이여,
술병 나도록 우겨보자

매화 보러 간다

귀하게 자랐어
가난했지만 꼿꼿한 선비 집안
삼십 년 된 집터에서
첫아기로 태어난 종손이니
동네가 들썩거렸겠지
말이 없었어
가재 송사리와 어울리고
진달래 감꽃과 눈 맞췄지
오후반 끝난 빈 교실에선
안데르센과 로빈슨 크루스와 친했어
청년일 때도 숫기는 없었지
데모 뒷전이나 어슬렁거리고
좋아한 여학생 앞에선 숨이 멎었어
막걸리집 귀퉁이에 앉아
사르트르와 까뮈를 읽었지
시를 쓰고 싶었지만
배가 고파서 취직을 했어
등짐처럼 처자식 생기고
월급 차곡히 오르는 맛에
쳇바퀴 밤늦도록 돌렸지
출근버스에선 가끔씩
옛 애인 만나듯 시집을 읽었어

까닭 모를 갈증에 시달려
날마다 술을 마셔야 했어
예순에야 비로소 벗어났지
움막 짓고 텃밭 가꾸고 개 키우고
그림 배우고 시 쓰고…
그런데 죽을 꾀를 쓴 거였어
하나같이 발목 묶는 업보였지
홀로 산지 어언 다섯 해
이룰 것 바랄 것 더는 없고 보니
방정맞게 간밤엔 꽃 꿈을 꾸었어
그래서 가기로 했어
난생처음 양산 통도사 홍매 보러
늙은 등걸에 기대어 실실 웃어 보러
(혹시 실실 울지도 모르겠지만)
혼자 가기로 했어

맨발

겨우내
잠잘 때도 신었던 양말을
어젯밤에 처음 벗었다

봄이로구나,
흰 발가락 꼼지락거리며
깊은 잠에 빠졌다

새벽에 누군가
지붕 위에서 뜀박질하는
소리가 들렸다

벗은 발로 나가보니
봄비가 내리고 있었다
흰 맨발이었다

즐거운 봄날

아주머니가 이 마을에서
제일 예쁘신 거 같아요
정말요?
제가 거짓말할 사람으로 보여요?

묵은 현미 한 됫박
불통에서 휘휘 돌고
예뻐지고 싶은 아낙들
삐죽삐죽 입술 내미는
복사꽃 아래로 모여드는데

귀 막아요!!
뻥이요!!

봄은 올 것이다

빙하가 아래로 흐르니까
나무는 얼지 않았으니까
흰나비 고치 깨어나야 하니까
낮이 노루꼬리만큼씩 길어지니까
미꾸라지를 품은 둠벙 풀려야 하니까
풀씨들이 마을을 덮고 기다리니까
그리운 사람 오지 않았으니까

낮달

폐병쟁이처럼
핼쑥한 그 사내
주막 툇마루 개다리소반
술값은 치르려나, 주모 눈총에
껄껄 너털거리다가
허공은 처음이라는 듯
뚫어져라 올려보다가
속에 것 다 게우려는 듯
땅이 꺼져라 한숨 소리
살짝곰보니 팔자도 얽었겠다는
동네 사람들 수군거림에
껵, 트림하고 마는 사내
저물 무렵
희끗희끗 눈발 속으로
슬그머니 사라져 버린 사내
돌담 넘어 지켜보던 처녀에겐
이적지 쿨럭거릴 사내
희멀건한, 그릴수록 흐릿할
그 사내

깨지다

소주병을 치우다가 놓쳤다
쨍그랑, 산산조각
칼이 되었다

어두운 밤 후진하다가
우지끈, 나무에 걸린 범퍼가
갈가리 찢어졌다

함부로 다룬 몸이 끝내
쿨럭쿨럭, 흩어지며
비수로 날아든다

사람아, 사랑한다는 말은
깨지지도, 깨뜨리지도 않겠다는
목숨 건 약속인 것을

절값

핏덩이 강아지 얼어 죽을까
천막을 두른 후부터
일일 삼배를 한다

아침 점심 저녁
개구멍 드나들 적마다
넙죽 엎드려야 한다

차례상 모실 때나
노부모님 뵈올 때처럼
공손한 큰절이다

생각해보니
작은 들꽃이나 어린 손주
들여다볼 때도 그랬다

절 잘하면 떡이 세 개라더니
두 어른 무탈하시고
손주도 강아지도 잘 자란다

밤을 지킨 이에게

외로워 마라
벌거숭이라는 사람아
동천에 박힌 별은
눈 끔벅이며 견디지 않느냐
숲속 마른 잎 씹는 짐승들
부스럭거리지 않느냐

서러워 마라
밤이면 춥다는 사람아
소나무 여린 가지가
부엉이 울음을 보듬지 않느냐
멀리 잠든 마을에서도
깨어있는 불빛이 있지 않느냐

떨지 마라
가난하다는 사람아
빈 주머니 속 움켜쥔 주먹
따뜻해 오지 않느냐
정작 가난이란 건
영혼 없는 자의 몫이지 않느냐

어깨를 펴라

밤을 지킨 사람아
빈 들판은 윙윙 울며
바람 가득 채웠지 않느냐
어느새 붉은 날개 편 새벽이
앞산에서 날아오르지 않느냐

구름

어디서 오느냐 물으니
물끄러미 하늘만 바라본다
먼 길 나그네 같기도 하고
막 날아오른 새 같기도 하고

뭘 하느냐 물으니
씨익 돌아보며 웃는다
꿈꾸는 화가인 듯도 싶고
양 떼 모는 목동인 듯도 싶고

사는 게 뭐냐고 물으니
다시 하늘 올려다본다
파란 도화지처럼 맑으란 건지
한껏 펼쳐보라는 건지

사랑을 아느냐 물으니
비로소 똑바로 눈 맞춘다
뭉게뭉게 속에다 품는 거라고
더러 먹빛으로 아픈 거라고

어디로 가느냐 물으니
그 찰나 쓰윽 사라졌다

언제 스치기나 했느냐는 듯
길마저 환하게 지워버리고

12월 30일

그래, 오늘은 용서하기 좋은 날이다 우리 집 어미 개가 닭을 잡아먹었다고 의심하는 강 씨 영감, 한해 저물도록 전화한 번 없는 처제와 후배들, 돈 빌려 가선 한강 하구에서 떠오른 그 친구, 시집을 냄비받침으로 쓴 나까지… 혹시 당장 생각나지 않는 것을 위해 내일 하루를 남겨두었으니 안성맞춤 아니겠는가 용서라 해봤자 저 기억들 위에 깨끗한 도화지한 장 얹으면 될 일, 오늘은 신께서도 마지막으로 나를 흔쾌히 용서하실 것만 같다

인사동 까마중

종로경찰서 주차장에서
인사동 접어드는 샛길
담벼락 위에 누가 산다

검은 까까머리
초록 가사 걸친 동자승들
옹기종기 모여 있다

대웅전도 석탑도 풍경도 없는
허름한 절집

소음은 목탁 소리
오가는 발걸음은 경전이니
저자 한복판도 선방
내 사는 곳이 불토라는 듯

고요하게 깊어지는
아기 스님들 검은 눈빛

새벽기도

어제 스친 이에게
나는 누구였을까

멋진 신사는 아니겠지만
눈매 고운 사람이었기를

오늘 만날 이에게
나는 누구여야 할까

향기롭긴 어렵겠지만
한결같은 사람이기를

샛별

내 삶이 남루하여
빛날 수는 없지만

깨어있는 새벽처럼
정갈할 수는 있겠네

내 가슴이 차가워
고백할 수는 없지만

먼 마을 불빛처럼
지켜볼 수는 있겠네

동학사 가는 길

새벽 술이 덜 깼나
몇 번이나 온 길인데

구부러진 소나무 고래등 바위
그 아래 작은 돌무지
계곡 물소리 피라미 서넛
'니尼' 자 적힌 부도탑
모두 경전으로 읽히니

매표소 아주머니
할머니와 어린 손자 둘
몇 걸음 떨어진 노부부
손잡은 연인
내려오다 붙잡혀 사진 찍어주며
싱글벙글 웃는 아저씨
모두 부처로 보이니

동으로 날아가는 학은 못 보고
대웅전 처마 끝 풍경은 없어도
파르라니 학승처럼
두 손 가지런히 모으다니

이 숲길 벗어나더라도
부디 이와 같은
다소곳한 짐승이기를

11월의 비

가을인지 겨울인지
잘하는 건지 잘못하는 건지
저도 모르겠다며
투덜투덜 내리는 비를

등에 업기도 하고
가만히 손 내밀기도 하고
맞장구치기도 하고
아예 껴안기도 하면서

인사동 취명헌 찻집 뒤
손바닥 화단

실버들 이파리도
담벼락에 기댄 채 시든 나팔꽃도
빈 화분도 수북한 꽁초도
켜켜이 쌓인 종이 박스도
비닐 속 스티로폼 조각들도

젖고 있었다
버려진 것들이
버려지는 빗방울을
조용히 다독이고 있었다

불일암 채마밭

후박나무 아래
손바닥 텃밭

가지가 있고
고추가 있고
상추가 있고
토마토가 있구나

벌레가 먹고
산새가 먹고
고라니가 다녀가면
노스님이 드시겠구나

물은 맑고
햇볕은 따사롭고
바람은 곰살맞고
산 그림자 고요하구나

해설

어머니께서 엮어 놓으신 씨줄 날줄의 풍경

_박정규 시인

어머니께서 엮어 놓으신 씨줄 날줄의 풍경

요즘 소확행(小確幸)이라는, 한자어를 줄여 붙인 말이 유행입니다. 작지만 자기만의 확실한 행복 누리기를 추구한다는 뜻이지요.

이 방법은 거칠고 각박한 이 세상이 고달픈 이들에게 아주 작은 자기 위로의 수단이 될 수 있을 것입니다. 그 안에서 나마 자기 만족감을 느끼고 그러면서 거기에 자기 존재감을 부여할 수도 있을 테니까요. 나만 좋으면 된다는 이기심이 살짝 숨어있을지는 모르겠지만, 거기에 대해서 타인이 이렇다저렇다 판단하는 것 역시 가당치 않은 짓이겠지요.

그런데 말입니다. 이상하게도 나는 저 말을 들을 때마다 그것에 대한 한 가지 궁금증을 버리지 못했습니다. 소확행을 실천하면서 자존감도 같이 세울 수 있을 것인지에 대해서 말이에요.

진정한 행복은 자존감이 세워졌을 때 맛볼 수 있는 것으로 알고 있었기 때문입니다.
그러니까 행복감은 내가 좀 힘들고 괴로워도 관계성의 도리를 다했을 때 맛볼 수 있다는 인식인데, 요즘은 이 관계성의 도리를 다하려는 모습이 점점 사라지는 것 같이 느껴져서 쓸쓸해지는군요.

그러나 언제든 어디서는 세상 풍조에 흔들리지 않는 사람들은 있습니다. 그런 사람들이 시를 쓰고요.

시 쓰는 일은 그 자체만으로도 자가치유의 수단이 되고, 또 이 어쩔 수 없는 나를 '있는 그대로' 봐달라는 간절한 호소라는 사실을 그들은 변해가는 풍조에 대한 깊은 사색을 통해서 점점 더 많이 알게 되기 때문입니다. 그러다가 어떤 누구의 간절한 호소가 또 다른 누구의 마음에 스며들었을 때는 반드시 퉁, 울림이 일어난다는 사실을 깨닫는 순간이 찾아옵니다. 이건 서로의 마음에 일어난 공명의 확인인데 참 신비한 일이지요.

여기에 더해서 내 호소에 상대가 반응(reaction)하고 내가 다시 응답(an effect)해주는 관계성의 이런 황홀한 체험까지 하게 되면 무슨 일이 일어날까요. 그때부터 그는 평생을 시와 함께 살아가겠다는 결심을 할 수밖에 없게 되는 것입니다.

사람과 사람 사이에서 정서적 교감의 참 본질은 이런 것입니다. 좀 마땅치 않은 상대라도 "네가 있어 내가 있고, 내가 있어 네가 있다"라며 서로의 존재감을 인정해주고 존중해주는 것 말입니다. 이것이 사람에 대한 간절함이죠. 절절함입니다. 시 쓰는 일은 이런 간절함과 절절함을 문자로 표

기하는 일이고요.

'절절해야 시'라는 시경(詩經)의 자구(字句) 역시 시 쓰는 정서를 잘 성찰해 놓고 있습니다.

북송 말기의 성리학자 주희(朱熹, 朱子)는 또 어떻고요. 시 쓰는 정서가 무엇인지 더 구체적이며 시원한 죽비(竹篦)를 우리의 가슴에 내려칩니다. 절절함은 사람의 심사에 호소하며 닿아 맺히는 심상(心象)이라고요!

저 말에 번뜩 다가오는 게 있나요. 그렇습니다. 심상을 요즘 말로 하면 image입니다. 심상을 그려내는 그게 바로 시라는 것이고요.

시는 자동적이든 타동적이든 이미지의 현현(顯現: 환하게 드러냄, 혹은 감췄더라도 그 감춰진 것이 명백하게 드러남)에서 벗어날 수 없습니다. 한 대상을 두고 시를 쓸 때 시인의 심사에 닿아 맺힌 심상에는 더할 것도 뺄 것도 없다는 뜻입니다. 그런데 문제는 시를 쓰는 우리가 이것저것 군더더기를 붙여서 시를 비만증에 걸리게 하거나 아니면 이상한 옷을 입히고 야릇한 장식을 걸쳐서 주제가 뒤뚱거리고 이미지가 오염된 괴상한 시를 곧잘 만들어낸다는 것이죠.

시를 괴상한 장식으로 치장하는 것을 오브제(objet)의 의식화로 착각하지 마십시오. 그건 설득력 있는 오브제가 아니라 그냥 괴상한 짓일 뿐인 겁니다.

그런데 시 창작에서 그것보다 더 태연하게 저질러지는 일이 있습니다. 이것저것 군살을 잔뜩 둘러 붙인 시는 또 어쩌면 좋을까요. 서정시는 그 자체만으로도 멋있는 존재입니다. 다 아시잖아요.

그런데 그런 존재를 괴상하게 치장할 필요가 무엇인지요. 더구나 시에 붙은 군더더기는 뒤룩뒤룩 번거롭고 보기 싫지 않던가요. 그러니까 그냥 수수하고 순한 옷을 입어 검소해 보이는 시가 좋은 시라는 말입니다.

그러고 보니 이인수 시인은 본능적으로 이걸 알고 있는 듯합니다. 그의 시가 내보이는 서정에는 억지가 없고 기교를 부리지도 않으며 그냥 수수하기만 하니까요.

그걸 다시 파악하게 되면서 다음과 같은 생각이 들었습니다. 혹시 이 시집의 시편들을 해설하면서 그 서정을 잘못 건드리지는 않을지. 오히려 그가 자기 시의 화두(話頭)로 던진 주제들만 가만가만 살펴보는 것이 더 큰 의미가 있지 않을지.

그런 생각을 하다가 처음 받은 그의 시집 초안본을 또 펼쳐봅니다. 시집 제목과 직접 관련된 시 한 편을 읽어봅니다.

감사엔 조건이 없어
물 한 잔
밥 한 술
김치 국물

나를 살게 하는 건
곡식 한 알
농부의 땀
하늘의 햇볕

감사하지 않은 건 없어
고까운 사람
험한 시간
꽃샘추위
나는 그들의 몸이야
감사로 피는 꽃이야

-「노모경老母經」全文

이 시는 나를 애지중지하며 길러주신 어머니에 대한 '어쩔
수 없는' 사모곡입니다. 여기에 무슨 말을 덧붙일 수 있겠습
니까. 이 시집에는 위와 같은 정서와 연관된 또 다른 시가 들
어있는데 그 역시 마음에 가까이 다가왔습니다.

억울하더라도
군말 않겠습니다
크게 슬프더라도
울지 않겠습니다

아프지 않게, 아프지만 않게
그렇게만 해주시면

당장 데려가셔도
받아들이겠습니다

이미 제 노모는
깃털처럼 가볍습니다

- 「기도」 全文

시는 보통 도입, 전개, 전환, 정돈의 순서를 따르는 게 좋습니다. '시적 질서'를 위해서라는 설명을 덧붙입니다. 그렇다고 이 형식을 절대적이라고 강조하지는 않겠습니다. 다만 대체로 좋은 시들은 이런 형식에 그 내용을 담고 있다는 것은 말해두고 싶군요.

이제 위에서 말한 형식과 내용을 기준으로 해서 이 시를 살펴보겠습니다. 어떤가요? 내용이 절절한가요? 그렇다면 형식은 어떤가요? 도입과 전개와 전환이 함께 진행된 것을 보셨나요?

그러다가 〈이미 제 노모는 깃털처럼 가볍습니다〉라니요. 묘하고 담담한 가장법으로 시를 '정돈'했는데 이렇게 마무리 짓는 형식적 절차가 억지라고 느끼셨나요? 설마요!

이제 내용을 살펴보겠습니다. 이 시의 진술은 언뜻 마음의 관조처럼 읽힙니다. 그러나 이건 절절한 속울음의 감춤입니다. 어머니의 끈에 매달려 있던 손을 끝까지 놓기 싫다는, 아무리 가벼워진 깃털일지라도 차마 날려 보낼 수 없다는 사무침의 탄식이지요.

그런데 「천박한 시」라고 제목 붙인 시, 이건 무슨 또 다른 관조의 방식인지 모르겠습니다. 시 속의 화자는 아예 자신을 〈나는 과연 천박한 인간이〉라고 우겨댑니다. 〈실은 그런 주인 잘못 만난/ 내 시에 대한 안쓰러움〉을 어쩔 수 없다는 역설적 표현일 테지만요.

그러나 시인 이인수는 자기 시에 자기반성의 성찰을 군더더기 붙이지 않고 깨끗하게 드러내고 있습니다.

> 달마산 미황사에서
> 병과 가난을 밑천 삼아
> 시를 쓰던 김태정이란 시인은
> 무슨 문화 재단에서 주겠다는
> 오 백만 원을
> 쓸 데가 없다고
> 끝내 손사래 쳤다고 한다
> 그래, 그래서
> 나는 가짜인 거라
>
> ─「참 시인」全文.

시에는 잘 쓴 시, 못 쓴 시의 우열이 아니라 좋은 시와 그렇지 않은 시가 있을 뿐이고, 또 좀 치우쳐서 말하자면 좋은 시를 써야 좋은 시인입니다. 다시 말해서 좋은 시를 쓰며 성품까지 좋으면 참 좋은 시인이다. 그러나 시는 그렇지 않은데 성품만 좋다면 그는 그냥 좋은 사람일 뿐인 거죠. 그러니까 이인수 시인이 자기가 가짜 시인이라고 한 말도 맞지 않는 겁니다. 아마 자기 삶의 태도가 더 소탈해지고 싶다는 역설적 표현일 수 있겠지만, 그래도 그렇지, 저렇게 말하는 것은 자신의 시와 그 시를 읽어주는 이들에게 예의가 아닙니다. 한번 묻겠습니다. 자기가 가짜 시인이라고 우기면서 왜 또 「불황」과 같은 시는 써서 내보였습니까.

이 시 「불황」에는 섬세한 관찰의 '도입'과 가만가만 쓰다듬듯 헤아리는 부드러운 눈길의 '전개'와 대상의 처지에 스스로 쑥 들어가 투사(投射 - projection)하는 '전환'과 너그러운 용납과 격려로 끝맺음하는 '정돈'이 있군요.

다시 읽어봐도 참 좋은 시입니다.

어젠 우물가에서
촘촘한 그물 던지고
주차장 길목에선
밧줄 걸어 당기더니
오늘은 현관 앞에다
올무를 놓다니

끝 모를 안갯속 불황
엎친 데 덮친 코로나에
염치 모르는 장마

실업률 사상 최악
성장률은 마이너스

산 입에 거미줄 칠 순 없고
어린것 연필은 사줘야겠고
단칸방 월세도 밀렸을 테니
이해 하마, 거미야
힘내렴

－「불황」全文

시인의 또 다른 시 「나를 만나다」를 읽는데 자기를 순순히
묘사하다가 시를 정돈하는 부분에서 불쑥 엉뚱한 소리가 들
리는군요. 정말 〈볼수록 볼썽사나운 저 사내〉가 맞습니까.
우리는 이 말에 절대 속아 넘어가지 않을 텐데요. 그 전 행에
이미 〈시 없이는 못 살겠다고 중얼거리는 사내〉라는… 복선
을 깔은 것 다 알고 있었으니까요.

이런 시인에게도 「쓰고 싶은 시」가 있습니다.
〈끙끙 앓으며 쓴 어려운 시〉 말고, 〈정작 내가 바라는 건//
상한 영혼을 위한 따뜻한 시이다〉

그러니까 시인 이인수의 시가 확보한 정체성이 저것입니
다. 삶의 태도 역시 그렇게 되길 바라고 있을 것도 틀림없을
테고요. 그의 시 「새벽기도」를 통해서 보듯 〈향기롭긴 어렵
겠지만/ 한결같은 사람이기를〉 바라는 것처럼요.

한 가지가 더 있습니다. 그의 시는 스스로 자신과 화해하며 이웃을 용납할 수 있기를 바란다는 사실입니다.

「12월 30일」이라는 시 제목은 시제(時制)의 구체성을 명확히 제시하고 있습니다.

한 해가 딱 하루 남은 날. 12월 30일. 굳이 함축을 따지지 않아도 한 해의 마지막 날이 하루밖에 남지 않았다는 시제가 제시되니 우리 심사에 촉박감이 생깁니다. 마무리 짓지 못한 일들을 어서 매듭지어야 한다고 말이죠.

그런데 시 속의 화자는 뜻밖에도 여유롭습니다. 도입부에서부터 〈그래, 오늘은 용서하기 좋은 날〉이라고 말하더니 이런저런 마땅치 않았던 일들을 늘어놓던 전개에서 갑자기 〈용서라고 해봤자 저 기억들 위에 깨끗한 도화지 한 장 얹으면 될 일〉이라고 전환해버리네요. 그다음이 〈오늘은 신께서도 마지막으로 나를 흔쾌히 용서하실 것만 같다〉는 능청스러운 정돈이고요. 마치 넌 어때? 되묻기라도 하듯 말입니다.
이어서 토닥이는 시 한 편이 또 건너옵니다.

> 외로워 마라
> 벌거숭이라는 사람아
> 동천에 박힌 별은
> 눈 끔벅이며 견디지 않느냐
> 숲속 마른 잎 씹는 짐승들
> 부스럭거리지 않느냐

서러워 마라

밤이면 춥다는 사람아

소나무 여린 가지가

부엉이 울음을 보듬지 않느냐

멀리 잠든 마을에서도

깨어있는 불빛이 있지 않느냐

떨지 마라

가난하다는 사람아

빈 주머니 속 움켜쥔 주먹 따뜻해 오지 않느냐

정작 가난이란 건

영혼 없는 자의 몫이지 않느냐

어깨를 펴라

밤을 지킨 사람아

빈 들판은 윙윙 울며

바람 가득 채웠지 않느냐

어느새 붉은 날개 편 새벽이

앞산에서 날아오르지 않느냐

– 「밤을 지킨 이에게」全文

살아가면서 한 번도 외롭지 않고 서럽지 않고 떨지 않고 웅크리지 않는 사람이 어디 누가 있을까요. 이처럼 「밤을 지킨 이에게」는 받아들임의 관조를 말하고 있습니다. 시인은 그러려니 인정하고 수용하는 것을 극복의 방편이라 여기고 있는지 궁금합니다.

사람은 유리한(호의적) 환경과 이익을 얻어낼 수 있는 구조를 자꾸 만들어내려 애쓰는 존재랍니다. 예를 들자면 세계의 모든 도시 건설이 그 결과물이라 할 수 있습니다.

그러나 인간은 적대적 환경에도 맞서서 그걸 극복해내며 위대한 업적을 만들어내기도 했습니다. 미국 네바다 사막에 세워진 도시 라스베이거스가 그렇고 로스엔젤리스도 그렇습니다.

빼놓을 수 없는 예가 하나 더 있습니다. 러시아의 상트페테르부르크라는 도시입니다. 18세기 초 러시아의 표트르 대제는 스웨덴과의 북방 전쟁에서 어렵게 승리를 거둡니다. 수많은 악전고투를 겪으며 그곳이 교통 및 군사적 요충지라고 판단하게 됩니다. 그리하여 잦은 홍수와 범람으로 습지대가 돼버린 그곳에 어마어마한 희생을 무릅쓰고 도시를 건설한 것이지요. 그 이후 이 도시는 서구문물을 받아들이는 통로가 됐고 19세기 러시아 문화의 황금기를 구축하는 데도 큰 역할을 했습니다.

이처럼 사람이 만들어내는 모든 일은 그 역할을 맡은 사람의 언행 태도와 그 마음가짐의 심사(心事)에서 비롯됩니다. 이럴 때 어떤 일은 즉각적 반응이 일어나 일이 성사되기도 하고 또 어떤 일은 쌓이고 쌓였던 상처들이 터져 나와서 걷잡지 못하게 될 때도 있습니다. 시인 이인수는 이런 사연의 경험도 많은 사람일까요. 그래서 사람의 그 어쩔 수 없음을 잘 알게 됐을까요. 다음과 같은 시를 썼습니다.

> 싸우지 않고 이기는 것이
> 가장 좋다고 했다
>
> 오늘 나는
> 손가락 하나 까딱 않고
> 나를 이겼다
>
> 날카로운 혀
> 입안에서 뽑지 않았다
>
> -「칼집」全文

이 시의 화자는 아무렇지 않다는 듯 말하지만, 왠지 모를 아슬아슬한 긴장감이 함께 느껴집니다. 무릇 마음이 움직이면 생각하게 되고, 생각이 움직이면 몸이 따르는 것인데 그 이전에 다른 문제가 발생할 수 있기 때문입니다.

다시 말해서 마음이 움직이면 생각하게 되는데, 미처 생각이 정리되기도 전에 혀가 먼저 토설(吐說)해 버리기를 잘해서 문제가 생기는 것이지요. 더 큰 문제는 토설이 시작되면 이걸 멈추기가 어렵고 아예 끝을 보려 내달리기 때문에 무섭다는 것입니다. 그래서 잠언(箴言)은 말합니다. 한 성을 정복하는 것보다 혀를 다스리는 일이 더 어렵다고요.

그러나 그런 마음의 들쑤심이 찾아왔을 때도 이인수 시인은 깊은 헤아림의 감수성을 버리지 않고 있습니다. 그 헤아림의 시선은 따스하고 또 아련합니다. 마치 눈가에 물기를 맺고 있기라도 한 것처럼요.

꽃집에는 없을 거라
갈래머리 산골 소녀가 그린
이름 모를 들꽃들

책방에서는 못 보았을 거라
부끄럼 타는 백발 소년이
몰래 읊조린 시편들

저자에서는 알리 없을 거라
93세 노모와 70세 아들이 펴낸
향기로운 시집이란 걸
출판 기념회도 없었을 거라
고향 밭두렁 들꽃들에게
읽어주고 말았을 거라

-『무명 시인 / 김영기 시집 '무명 시인'을 읽고』全文

좋은 시를 읽으며 여러 말을 덧붙이다 보니 지면을 너무 많이 차지했군요. 이제 마무리해야겠습니다.

시를 쓰면서 늘 염원하는 게 있었습니다. 좋은 시인이 되겠다는 건 당연한 마음가짐이지만, 강한 시인도 돼보고 싶다고요. 이런 생각을 하는 시인이라면 누구라도 그러하듯이 잊지 않고 있는 말도 있습니다. 감정과 과거를 다스릴 줄 알아야 진정 강한 사람이라는 말.

감정을 다스릴 수 있으면 혀를 다스릴 수 있고, 과거를 다스릴 수 있으면 보상심리나 강박증에 빠지지 않습니다.

끝으로 이인수 시인의 세 번째 시집 상재(上梓)를 진심으로 축하합니다. 이 시집으로 말미암아 시인의 문운이 더 왕성해지기를 기원합니다. 함께 시를 쓰는 이들이 서로 손잡고 강한 시인의 길로 나아갈 수 있기를 소망하는 마음도 감추지 않겠습니다.